반짝이는 행복을

_____ 에게 드려요

_____ 로부터

오늘도 반짝이는 행복을 줄게

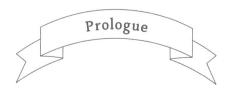
Prologue

스텔라 마을에는 별빛처럼 빛나는 친구들이 살고 있어요.

이 친구들은 하루하루가 행복합니다. 받고 싶은 선물을 받아서도 아니고 흔히 말하는 특별한 일이 매일 일어나서도 아니에요. 우리는 특별하거나 좋은 것에 대한 기준을 은연 중에 정해놓곤 하기에 그 기준을 넘기지 못하면 오히려 불행하다고 느낄 뿐이죠.

스텔라 마을의 친구들은
따사롭게 내리쬐는 햇볕도
반짝이며 내리는 빗방울도
저마다의 모양을 갖고 흐드러지게 피어나는 꽃들도
바람에 따라 살랑이는 풀들도
우직하고도 겸손하게 감싸 주는 나무도

모든 것을 있는 그대로 바라보기에 행복합니다. 늘 함께하는 자연과 곁에 있는 가족, 그리고 친구들이 소중하다는 걸 알기에 더 많은 것을 바라지 않고 사랑하며 살고 있어요.

자신이 지닌 모습 그대로 지내고 있기에 반짝이는 스텔라 마을의 친구들이 여러분의 고유한 모습을 찾아 행복할 수 있도록 해줄 거예요.

Characters

파란 하늘과 초록색 나무와 풀잎, 향긋하고 알록달록한 꽃이 가득 피는 마을에 사는 여섯 친구들을 소개합니다. 별빛처럼 저마다의 빛으로 가득한 친구들이 모여 살고 있는 이 마을의 이름은 〈스텔라 마을〉이에요.

이 작은 친구들은 기쁘고 즐거운 일이 있으면 그 누구보다도 먼저 친구들에게 다가가 기쁨을 나누고 울적한 일이 있으면 자신들만의 방식으로 위로해 줘요.

사계절이 존재하는 세상에서 계절이 주는 행복을 물씬 느끼며 살고 있는 여섯 친구들은 자주 가 보지 않았던 바다에 대한 환상을 지니고 있답니다.

크림

정이 많고 다정한 크림이.

평소 친구들이 하는 이야기와
행동에 관심이 많은 크림이는
친구들의 이야기에 귀 기울이며
온 마음을 담아 공감해 주기에
같이 있는 것만으로도
큰 힘이 되어 주는 포근한 친구다.

친구들이 했던 이야기를 기억해
종종 깜짝 선물을 하는 크림이는
모카와 마을에 있는 카페에 찾아가
따뜻한 커피를 마시며
모카가 해 주는 다양한 이야기를
듣는 취미가 있다.

호기심 많고 사랑스러운 모카.

작은 경험이라도 친구들과 함께 하는 걸
좋아하는 모카는 맛있는 사탕
한 개가 있어도 혼자 먹지 않고
가져와 나눠 먹는다.

도움이 필요할 때 바로 다가가
도와주는 모카는 사랑이 많아
자신의 물건을 사러 들어간 상점에서도
친구들에게 주고 싶은 게
보이면 꼭 사 오곤 한다.

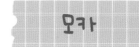
모카

새로운 카페를 소개해 주는 크림이에게
고마운 마음을 느껴
그 보답으로 이야기 보따리를 한껏
들고 가 소소하고 재밌는 이야기를
잔뜩 해 주는 모카다.

달콤한 냄새가 가득 풍기는 귀여운 보리.

빵과 쿠키, 케이크 만드는 걸 좋아하는
보리는 한 달에 한 번씩
맛있는 빵을 만들어
마을 친구들에게 나눠 준다.
이 날을 위해 모든 친구들이 모여
각자의 역할을 맡아 보리를 도와준다.

자신이 만든 빵을 맛있게 먹는
친구들의 모습을 보며
행복을 느끼는 보리는
세상에서 가장 큰 케이크를 만들어
나누어 먹고 싶은 꿈이 있다.

보리

루루

콧노래를 흥얼거리는 행복한 루루.

작은 일에도 즐거운 루루는
항상 웃고 있어 보는 것만으로도
친구들에게 큰 힘이 되어 준다.

특히 꽃을 좋아하는 루루는
집 앞 정원에 꽃을 가꾸며 룰루랄라
콧노래를 불러 이름도 루루가 되었다.

보리가 빵을 나누는 날이 되면
꽃을 가득 준비해 방문한 친구들에게
어울리는 꽃을 나눠 주는 루루는
꽃내음같이 향긋하고
잊을 수 없는 친구다.

차분하고 섬세한 코코.

야무지고 꼼꼼한 코코는
뜨개질을 좋아해 한 코씩 뜨며
친구들의 이야기를 듣는 걸 좋아한다.

코코

마을에 나가 친구들에게
어울리는 색으로 된 실을 보면
필요한 만큼 사와
겨울을 따뜻하게 보낼 수 있도록
목도리나 조끼, 장갑을 떠주는 코코는
말수는 적지만 그 누구보다 애정이 많아
직접 뜬 스웨터처럼 포근하고
따뜻한 친구다.

조용하고 똘똘한 율무.

햇살이 드는 낮이 되면 친구들과 함께
책을 읽으며 행복을 느끼는 율무는
책 속에 나와 있는
또 다른 세상의 이야기를 보며
친구들과 함께 경험해 보고 싶다는
소망을 마음속에 지니고 있다.

침착하고 조용한 율무지만
친구들과 함께 있을 때에는
즐겁고 편한 마음에
춤을 추고 노래를 부르며
친구들에게 웃음을 주기도 한다.
그래서 율무에게는 비밀이지만
친구들은 율무를 굉장히 사랑스럽고
귀여운 친구라고 생각하고 있다.

율무

숲속 마을에 사는 다람쥐 친구들.
여섯 친구들은 '람쥐'라고 부른다.

하루 종일 부지런한 람쥐들은
이 산, 저 산, 이 나무, 저 나무
할 것 없이 다니기에
다양한 풍경과 동물들을 만나며
매일 새로운 경험을 한다.

그래서 람쥐들은 종종
여섯 친구들이 사는 집에 찾아와
자신들이 경험한
흥미진진한 세상 이야기를 하는데
할 이야기가 많아 날을 새기도 한다.

이들은 서로 정을 주고 받으며
가깝게 지내기에
여섯 친구들이 사는 마을에
행사가 열리면 람쥐들을 초대해
행복을 함께 나누며 지낸다.

람쥐 친구들

바닷가 마을에 사는 고양이 친구 솔트.

여섯 친구들과 우연히
큰 마을의 상점에서 만나게 된 솔트는
그날부터 서로 친해지게 되었다.

솔트

먼 바닷가 마을에 살기에
자주 만날 수 없어 편지를 주고 받지만
가끔씩 솔트가 찾아와
바다에서 찾은 색이 고운 조개 껍데기와
소라를 주며 마음을 전달하곤 한다.

여섯 친구들은 먼 곳에 있는
바다에 대한 환상이 있기에
솔트가 놀러오는 날이 되면
눈빛이 초롱해지고
귀가 번쩍이는 걸 볼 수 있다.

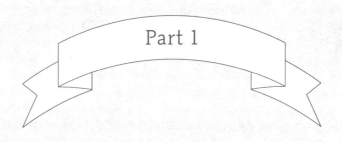

Part 1

빛나는 행복
한 송이를 줄게

달콤하고 고소한 향이 가득 퍼지는 이 시간이 되면

보이지 않던 흘러가는 시간이

따뜻한 모양이 되어 보이는 것만 같아.

우리가 품은 소원이
지금은 비록 멀게 느껴져도 걱정하지 마.
잔잔해 보이는 물도 매일 흘러가듯이
우리의 소원도 시간과 함께
각자의 속도에 맞춰
자연스럽게 이뤄질 거야.

이 계절에 맞는 물건을 살 때가 되면
매일 다르게 부는 바람과
흘러가는 구름처럼
나 역시도 이 계절처럼
매일 바뀌고 변하는 걸 느껴.
어제의 나와 오늘의 내가 다르듯
너도 그렇겠지?

더 좋은 것만 주고 싶은 마음 하나로 달려갔는데
내 마음과 꼭 닮은 예쁜 마음을 받아 왔어.

"율무야, 방금 내가 따온 별이야.
너에게 제일 빛나는 별을 줄게!"

"고마워 모카야. 나도 내가 가져온 하트 중에서
가장 따뜻한 하트를 너에게 줄게!"

오늘은 모카와 보리가 장을 보는 날이야.

"이번에는 고구마를 사서 따뜻하게 구워 먹자.
아마 모두 좋아할 거야."

"그래, 좋아! 지난번에 당근도 다 먹었는데
당근도 사고 다른 채소들도
같이 사 오는 건 어떨까?"

"좋지! 필요한 만큼 챙겨서 빠짐없이 사 오자."

"응, 지금 챙기고 있어.
이 정도면 충분하겠지?"

함께 준비하기에 부족함 없이 평온한 날이
시작되고 있어.

같은 길을 걸으며 소소한 대화를 나눌 수 있어서
오늘도 참 좋은 하루야.

"방금 만들어 주셔서 그런지
붕어빵이 따끈따끈해."

"얼마나 맛있을까?
아까 가게에서 나올 때부터
냄새가 솔솔 풍기는데 참을 수 없었어."

"나도! 놓치지 않고 살 수 있어서 다행이야.
식기 전에 얼른 가서 애들이랑 나눠 먹자."

"좋아!"

머릿속이 복잡해서

할 일이 손에 잡히지 않는다면

모든 걸 잠시 내려놓고 쉬는 것도 방법이야.

한 음 한 음 부르다 보면

어느새 하나의 선율이 되어 울리듯

우리의 여정도 때로는 하나씩 있는 음표처럼

때로는 여러 음이 겹쳐져 있는 화음처럼

오선지 위에 저마다의 특별한 음악을 연주하고 있어.

그러니 가끔은 제자리에만 있는 것 같더라도

다음에 이어질 음악을 위해 쉼표를 그려 가는

중요한 순간이라는 걸 잊지 마.

잘하고 있어!

오늘은 정말이지 너무 행복한 생일날이야.
이름이 새겨진 초콜릿 케이크와 맛있는 디저트
그리고 옹기종기 모여 만든
사랑 목걸이와 손편지까지.
동화책에서만 보던 달콤한 생일 파티를
너희와 함께할 수 있다니…
나에게 꿈보다 더 아름다운 하루를
선물해 줘서 고마워.

오늘 루루의 정성이 가득 담긴 정원에는
크림이의 깜짝 선물 덕분에
행복 한 송이가 더해졌어.

"루루야, 이 꽃을 보고 네가 생각나서 사 왔어!"

"정말? 고마워!"

"어서 다른 꽃들과 함께 지낼 수 있게 심어 주자."

"그래. 아마 정원에 있는 꽃들도
크림이 네가 준 이 꽃을 반가워할 거야."

나조차 잊고 있던 내 예전의 기억마저
그대로 간직하고 있는 물건을 꺼내어 보면
그때의 향기와 자주 듣던 음악,
함께하던 이들의 모습까지 생각나.
잊은 줄만 알았는데
기억을 가득 담아 깊은 곳에 스며들었기에
발견하지 못했던 거야.

나는 어젯밤에 너희들과 함께
아주 큰 케이크를 만드는 꿈을 꿨어.
커다란 딸기와 블루베리
그리고 산딸기가 가득해 새콤한 향이 퍼졌고
여기저기 피어 있는 딸기꽃이 우리를 응원해 줬어.
케이크 시트는 우리보다 훨씬 커서
크림을 바르는 데 오랜 시간이 걸렸지만
얼마나 재밌던지!
꿈속에서 나와 함께
내가 정말 이루고 싶었던 소원을
아름답게 이뤄 줘서 고마워.

잠이 오지 않을 때 나를 위해
소곤소곤 이야기를 들려주고
자장가도 불러주는 작은 친구들이 있어.
무언가를 바라지 않고
나를 위해 진심을 다해 주는 이 친구들을 보면
나도 매 순간 꾸밈없이
진솔하게 대해야겠다는 마음을 배우게 돼.

사랑하는 가족에게
내가 만든 케이크를 소개하려니
설레고 긴장돼.
혹시라도 서툴고 작은 실수가 있다면
부디 이 떨림이 녹여주기를.

딸기를 한 개씩 올렸을 뿐인데
벌써 케이크가 만들어지고 있어.
함께한다는 건 이렇게 좋은 거구나.

복잡한 마음이 들어 머릿속이 어지럽다면
마음속의 찻잔에 걱정을 퐁당 담아 보자.
조금만 여유를 가지면
뭉쳐 있던 걱정이 서서히 흩어져 가벼워질 거야.

귀여운 람쥐들아.
어서 제일 멋진 자세를 취해 봐.
햇살이 따사로운 오늘이
오래도록 기억될 수 있게 남겨 줄게.

사랑하는 친구를 위해
내가 가장 좋아하는 가게에서 준비한
특별한 케이크를 선물할 거야.
사랑하는 만큼 제일 좋은 걸 해 주고 싶어.

고마운 마음이 가득 있어도
표현하지 않으면 그 누구도 알 수 없어.
그래서 나는 오늘의 기쁘고 행복한 이 마음을
너희에게 아낌없이 표현할 거야.

이 친구는 나의 아침부터 이른 새벽까지
모든 시간을 함께하는 특별한 존재야.
내가 보지 않을 때도 항상 그 자리에서 웃고 있어서
슬플 때나 힘들 때 내 속마음을 털어놓기도 해.
한결같은 이 친구는 나에게 어떤 말이 하고 싶을까
궁금해서 종종 몰래 물어 보곤 하는데
그저 웃어 주는 걸 보면 마음은 넓은 게 분명해.
그래서 나에겐 단 하나뿐인 소중한 내 친구야.

빵 만드는 보리를 돕기 위해
작은 친구들이 와 줬어.

"보리야, 우리가 할 수 있는 만큼
최선을 다해 도와줬는데
방해가 된 건 아닐까 걱정 돼."

"아니야, 얘들아.
너희들이 함께해 준 덕분에
지루하지 않고 재밌게 만들 수 있었어.
내가 혼자 만들었을 때보다
훨씬 다채롭고 맛있을 거야.
이것 봐, 한눈에 봐도 맛있어 보이지?
얼른 가서 먹어 보자!"

"그래, 좋아!"

"포크는 내가 챙길게!"

지금의 나를 만들어 주는 건
그동안 내가 만나 온 모든 인연과
겪어 온 수많은 일들
그리고 그 시간을 걸어온 나 자신이야.
오래가는 깊은 인연도 얕은 인연도
행복한 일도 힘들고 후회되는 일도
어느 하나 빠짐없이 저마다의 의미를 담아
지금의 나를 온전하게 만들어 주는 순간들이지.

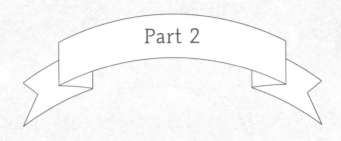

Part 2

지친 마음이
깨끗이 씻겨 나가

모든 걱정과 생각을 잠시 내려놓고
들려오는 노랫소리,
나뭇가지와 유리잔이 내는
흥겨운 소리를 가만히 들어 봐.
순간이 지닌 모든 것을 가만히 느껴 본다면
지금 그 자체로도
온전하고 완벽하다는 걸 알 수 있을 거야.

매일이 비슷하다고만 생각했는데
어제와는 또 다른 오늘의 햇빛을 보고 있으면
같은 것은 하나도 없음을 알게 돼.
그래서 지금 이 순간도 나에겐 새로운 경험이야.

"모카야…."

"루루야…."

때로는 많은 말을 나누지 않아도
서로의 마음이 전해질 때가 있는데
지금이 바로 그런 순간임은 분명해.

비가 오는 날은 특별해.
온 상점과 가로등의 불빛이 빗물에 비쳐
어제는 볼 수 없었던 새로운 모습을 볼 수 있거든.
하나둘 떨어진 빗방울들은 얼마나 반짝이는지
알록달록 펼쳐진 우산들과 함께 보고 있으면
마을에 작은 축제가 열린 것만 같아!

오랜만에 만난 친구도

마치 어제 본 것처럼 편한 사이가 있고

자주 본 사이지만

어느 날 멀게 느껴질 때가 있어.

아쉬운 마음이 들어도

누구나 그런 때를 마주하게 되어 있으니

다가오는 인연은 반갑게 맞이하고

떠나는 인연은 그동안의 고마움을 담아

추억 속에 흘려보내자

같은 바다에서 온 조개껍데기와 조약돌인데
저마다 모양이 다르고
소라 껍데기에서 들리는
파도 소리도 조금씩 달라.
같은 곳에 있는 우리도
이 시간이 다르게 기억되겠지만
평온하고 따뜻한 잔상으로 남아 있기를
작게나마 소망해.

여행을 가기 전 필요한 것들을
하나씩 꺼내어 보니 이렇게 많아졌어.
설레는 마음을 눈으로 볼 수 있다면
이런 게 아닐까?

바닷물은 정말 짤까?
옆 마을에서 보는 노을은
다른 하늘을 품고 있을까?
내가 만나보지 않은 세상을 상상한다는 건
정말 설레는 것 같아.
아직 마주치지 않은 친구들과 경험들이
무수히 많다는 거잖아.
이렇게 수많은 세상 속에서 너희를 만나
행복하게 지낼 수 있는 건
정말 큰 행운인 것 같아.

새롭고 낯선 길이어도
우리가 함께하는 여정이기에
두렵지 않아.

먼 길을 한 번에 갈 필요는 없어.
중간에 쉬어도 괜찮고
멈췄다가 다시 돌아와도 좋아.

새로운 경험 앞에서 고민이 된다면
조용히 앉아 네 마음을 가만히 살펴 봐.
마음은 이 길이 나의 길인지 아닌지 알고 있어.
그러니 만약 걱정이 되고 두려운 마음이 든다면
그 길로 가지 않아도 괜찮아.

"솔트야, 우리가 이날만을 손꼽아 기다렸어.
먼 곳에서도 우리를 기억해 주고
기다려 줘서 정말 고마워."

우리가 바다를 궁금해하듯
바다에 있는 친구들도
육지 세상을 궁금해할까?
어쩌면 바다 친구들도 숲속 마을에 관한
이야기가 적혀 있는 책을 보며
작은 꿈들을 갖고 있을지도 몰라.
사계절 모습이 바뀌는 나무와
색도 향도 다양한 꽃의 이야기를 전해 들으며
머릿속으로 그려 보고 있을 수도 있지.
상상이지만 그렇게 생각하니
왠지 모르게 기분이 좋아져.
바다도, 우리가 사는 이곳도
전부 특별하다는 사실을 알게 됐거든.

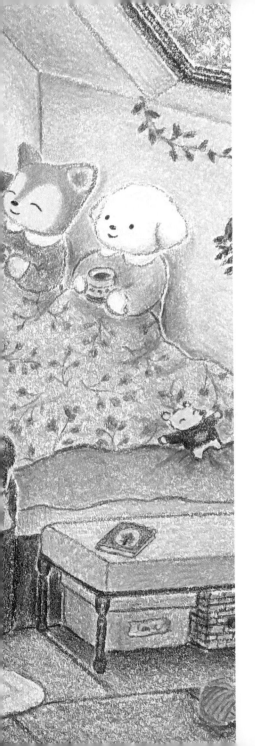

오늘은 우리가 그토록 기다려 온
솔트네 집에서 자는 날이야.
솔트에게 직접 듣는
바닷가 생활 이야기는
정말이지 상상했던 것보다
훨씬 더 새롭고 재밌어서
오늘 저녁만큼은 시간이
천천히 흘러갔으면 좋겠어.

누구에게 말한 적은 없지만

마음속에 품고 있는

한 번쯤 해 보고 싶은 크고 작은 소망들.

"저것 좀 봐, 율무야!
엄마께서 우리를 위해
음식들을 잔뜩 만들어 주셨어."

"우와! 얼른 먹고 싶어.
특히 나는 큰 딸기가 한가득 올려진
케이크 맛이 궁금해."

"나도 그래.
한 입 먹으면 봄이 우리 곁에
성큼 다가와 있을 거야."

"봄이라니, 듣기만 해도 설레고 행복해.
빨리 저녁 시간이 왔으면 좋겠어."

양치하는 소리만 들어도
루루가 신난 걸 알 수 있어.
이따 화원에 가서 꽃구경을 하기로 했거든.
설레하는 모습을 보니 특별한 꽃들이
루루를 기다리고 있으면 좋겠어.

살랑살랑 불어오는 바람결에
향긋한 꽃내음이 가득해.
따뜻한 차와 커피에서
모락모락 피어나는 달콤한 휴식과
갓 구운 빵 한 입에
포근한 행복까지 마음껏 느낄 수 있지.
스텔라 마을 축제에 온 걸 환영해!

음악이란 건 참 신기해.

그때에는 그저 좋아서 들었던 음악도

시간이 흘러서 다시 들으면

음악을 듣던 그 당시의 내가 고스란히 떠오르거든.

함께 했던 친구들의 모습도, 만났던 인연들도,

거리의 내음과 주변의 흘러가던 소음도

마치 오늘 있었던 일처럼 생생히 떠올라.

그래서 음악은 나에게 있어 추억과 함께 섞여

그 시간으로 되돌아가게 해 주는 신기한 묘약이야.

사소하지만 내게는 몇 가지 특별한 습관이 있어.
매일 다른 스카프를 매는 것도 그중 하나야.
짧은 순간이지만 스카프를 매면서
떠오르는 여러 생각들을 정리하거든.
하루가 어떻게 흘러가는지 모르겠다면
자신을 위해 작지만 의미 있는 습관을 만들어 봐.

루루는 나를 위해 몽글몽글 거품으로
무언가를 만들고 있어.

"율무야, 내가 네 얼굴 만들었어!"

"우와, 날 닮은 귀가 있네?
정말 잘 만들었다. 고마워!"

덕분에 오늘 하루의 지친 마음도
깨끗이 씻겨 나가는 것만 같아.

내 방식대로 움직여 보자.
즐겁기만 하다면 가끔은
주춤해도, 넘어져도 괜찮아.

거울을 보고 있으면
또 다른 액자 같다는 생각이 들 때가 있어.
거울은 자신이 있는 공간이 지닌 모든 순간을
놓치지 않고 비춰주고 있잖아.
그래서 거울 속에 비친 모습을 볼 때면
나의 과거도 미래도 아닌
오롯이 지금의 모습을 담아주고 있어서
특별한 액자라고 생각해.

행복한 마음을 가득 담아 고른 나만의 꽃다발.
나와 닮은 색들을 떠올려 보니
한 가지 색으로 정할 수 없어.
나는 이렇게 풍성하고 다양한 색으로 가득하구나.

마음 어딘가에서 하고 싶다는 생각이 들지만
시작하기 전에 막연하고 어렵게 느껴진다면
아직 일어나지 않은 결과는 생각하지 말고
우선 시작해 보자.
그렇게 하다 보면 고민했던 게 무색할 정도로
큰 즐거움을 안겨줄 수도 있고
어렵고 힘들어 끝마치지 못했더라도 그 자체로
나에게 또 하나의 경험이 되어
먼 훗날 도움이 될 때가 분명 올 거야.

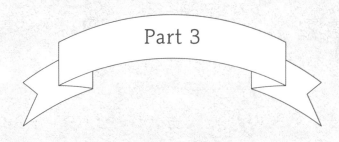

Part 3

따뜻한 마음이
뭉게뭉게 퍼져

그려서 표현하는 사랑

오려서 표현하는 사랑.

모양과 방식은 다르지만

눌러 담은 사랑은 하나도 빠짐없이 고스란히 전해져.

나에겐 익숙한 것들도

너에겐 이렇게 신기하고 새로운 걸 보니

새롭다는 감정은 참 값진 감정인 것 같아.

살면서 처음 경험할 때만 느낄 수 있는 특별한 감정이잖아.

그러니 숨기지 말고 그때에만 느껴지는 유일한 마음을

온전히 느끼고 표현해도 좋아.

오늘은 특별히 도토리와 밤
그리고 땅콩을 먹는 날이야.
작은 친구들이 말해 주는
세상 이야기를 듣는 날이거든.
나와는 또 다른 세상을 지내 온
친구들의 얘기를 듣고 있으면
내가 경험하지 않았던 것들로 가득해.
우리가 사는 이곳은
셀 수 없이 많은 삶으로 이루어진 곳이라는 걸
다시 한 번 느끼게 되는 귀한 시간이야.

지난번 함께 했던 시간이 고마웠다며
람쥐와 친구들이 우리를 위해 선물을 준비했어.
아마 자기들의 소소한 일상 이야기를 들어준 게
즐거웠던 모양이야.
열심히 모은 소중한 밤과 땅콩
그리고 호두까지 한가득 준 걸 보니
일상을 나눈다는 건 단순히 말에서 끝나는 게 아니라
서로의 시간과 마음을 나누는 값진 순간인 것 같아.

보리는 한 달에 한 번씩 빵을 만들어
친구들에게 나눠 주는 걸 좋아해.
빵마다 모양도 크기도 조금씩 다르지만
행복한 얼굴을 하고
빵을 나눠주는 보리와 친구들의 모습을 보면
따뜻한 마음이 뭉게뭉게 퍼져
왠지 기분 좋은 맛이 날 것만 같아.

크림이가 마을에 새로운 카페가 생겼다며
나에게 소개해 줬어.
이렇게 따뜻하고 기분이 좋아지는 곳을 보고
내 생각을 해 준 크림이에게 고마워서
이야기 보따리를 가득 준비했는데
크림이가 듣고 행복해했으면 좋겠어.

뜨개질은 복잡해 보여도
한 코 한 코 뜨다 보면 모양이 나와.
시작할 때 코 수를 잘 세어서 한 바퀴를 뜬 다음에
코바늘이 들어가야 할 곳에 들어가 주고
나와야 할 곳에서 나와 주면
조바심 내지 않아도 어느새 예쁜 모양이 만들어져 있어.
혹여나 중간에 틀리더라도 풀면 되니
겁내지 말고 한 코씩 시작해 보자.

상대방의 기분에 맞춰 나의 모습을 꾸며낸다면
몇 번은 괜찮을지라도 시간이 지나면 결국엔 멀어져.
내 힘든 속마음이 그대로 전해지거든.
그렇기에 솔직하고 있는 모습 그대로 표현하는 게
나를 위한 가장 큰 보금자리야.

편지는 참 특별해.

얼굴을 마주하지 않아도

목소리를 듣지 않아도

한 글자씩 눌러 담은

나의 설렘과 고민과 고마운 마음이 전해져.

평소 침착하고 똘똘한 율무는
우리에게 있어
그 누구보다도 사랑스러운 친구야.
왜냐하면…

"쉿! 얘들아, 조용히 여기로 와 봐."

"왜?"

"음악을 틀고 율무가 춤추고 있어!"

"세상에, 정말 귀여워!
율무가 알면 얼굴이 빨개질 테니
우리 모두 비밀로 하자."

6:30 am

6:50 am

7:20 am

8:00 am

8:40 am

9:20 am

10:00 am

11:00 am

차가운 아침 공기

함께하는 낮

11:15 am

11:30 am

12:00 PM

12:30 pm

1:25 PM

1:50 pm

2:10 pm

2:30 pm

2:35 pm

2:40 pm

2:50 pm

3:10 pm

3:40 pm

4:00 pm

5:00 pm

5:30 pm

나만의 저녁

포근한 밤

6:00 pm

6:20 pm

7:00 pm

7:40 pm

8:00 pm

8:15 pm

8:30 pm

9:00 pm

별빛으로 가득한 밤하늘을 바라볼 때면
지금이기에 느낄 수 있는 온전한 행복과
무수히 멀리 존재하기에 느낄 수 있는
광활하고 평온한 행복이 공존해.

뜨거운 국수를 후후 불어 가며 한입씩 먹을 때마다

초봄의 쌀쌀한 공기가 따뜻한 공기로

뭉게뭉게 바뀌고 있어.

이 계절이 스쳐 가는 작은 일상도

특별하게 만들어 주기 위해

마법을 부리고 있나 봐.

힘든 시간이 다가와
다른 것들이 손에 잡히지 않고
보이지 않을 때가 있어.
그렇지만 매서운 바람이 오면
얕은 바람도 불어오듯
지금의 힘듦도 때가 되면
잔잔한 바람처럼 느껴질 때가 올 거야.

많은 걸 하지 않아도

깊은 이야기를 나누지 않아도

오롯이 이 시간을 천천히 함께할 수 있는

너희들이 있어서 행복해.

내 취향이 가득 담긴 나만의 물건들.
흘러온 시간도 묻은 추억도 저마다 다른
나의 소중한 친구들.

때로는 길이 아닌 곳으로 가도 괜찮아.

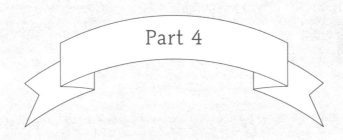

Part 4

너희와 함께라면
따뜻할 거야

우리 마을에 새로운 빵집이 생겼대.
고소하고 달달한 빵 냄새가 마구 풍기는 걸 보아하니
맛있는 빵집이 분명해!
한가득 사서 따뜻한 마음도 퐁당 담아
친구들이랑 함께 나눠 먹자.

매일 봐도 반가운 친구들.

수많은 만남 사이에서

너희와 이렇게 함께할 수 있음에 감사해.

하늘도 땅도 하얘진 이 시간.
하얀 세상을 돌돌 뭉쳤더니
눈사람이 만들어졌어!
내가 춥지 않게 모자와 목도리를 해 줄게.
오래도록 하얀 세상에 머물러 줘.

지금 내가 쓰고 있는 이 모자는

코코의 마음이 가득 담겨서 포근하고

코코의 마음을 닮아서 훨씬 따뜻한

하나밖에 없는 모자야.

내가 좋아하는 과자

네가 좋아하는 과자

친구들이 좋아하는 과자.

차근차근 하나둘씩 붙이다 보니

어느새 집이 만들어지고 있어.

어떠한 규칙도, 정해진 틀도 없이 만들어졌기에

더 달콤한 우리들만의 과자 집이야.

올해도 잊지 않고
우리를 반겨 주는 주인 할아버지와
새로운 가족을 기다리는
아기자기한 친구들을 보니
이번 연말도 어김없이 따뜻할 거야.

겨울이 기다려지는 이유, 초입

"람쥐야, 너는 겨울 좋아해?"

"글쎄… 대부분 잠을 자느라 모르겠어.
내게 있어 겨울은 추운 계절이야.
모카 너는 겨울 좋아해?"

"음, 많이 춥기는 하지만
겨울이 기다려지는 이유가 몇 가지 있어."

"그게 뭔데? 추운 것도 견딜 만큼 좋은 거야?"

"응, 겨울에 즐기면 더 행복한 것들이야. 내가 알려 줄게."

"궁금해. 빨리 말해 줘!"

겨울이 기다려지는 이유, 하나

우리는 추운 겨울에 다 같이 모여 앉아
고구마를 구워 먹곤 해.
뜨겁고 달콤한 고구마를 함께 먹으면
추운 날씨도 눈 녹듯이 사라지는 것만 같아.
특히 친구들과 함께 먹으면서 나누는 대화는
잘 구워진 고구마처럼
얼마나 포근하고 따뜻한지 몰라!

겨울이 기다려지는 이유, 둘

겨울이 되면
길에서 붕어빵을 굽고 계시는 분들을 볼 수 있어.
추운 이 시기가 지나면 보기 어려워서
버스를 기다리거나 길을 걷다가
붕어빵 냄새가 풍겨 올 때면
올겨울도 무사히 도착했다는 게
실감이 나서 기분이 좋아져.

겨울이 기다려지는 이유, 셋

달콤하고 새콤한 귤도 빼놓을 수 없어.
노란빛, 주황빛으로 된 고운 빛깔에 돌돌 잘 까지는 껍질
하나하나 떼어지는 귤 알맹이를 보고 있으면
어떻게 이런 열매가 맺어졌는지 새삼 감탄하게 돼.
그래서 여러 개의 알맹이를 담아 동그랗게 잘 맺은 귤은
우리에게도 각자의 의미를 담아
올 한 해 잘 보냈다고 말해 주는 것만 같아
겨울의 울적한 마음을 위로해 주는 선물처럼 느껴져.

마음을 내려놓고 바라보면
내 주변을 감싸고 있던 모든 것들이
감사하게 느껴져.
내가 가진 욕심, 서운한 마음, 시기하는 마음이
그동안 얼마나 많은 걸 가리고 있었는지
마음을 편히 내려놓으니 비로소 알게 돼.

문득 시간이 빠르게 흘러가 울적해진다면
같이 찍은 사진을 보는 건 어떨까.
함께한 시간만큼 차곡차곡 쌓여간 앨범을 보면
시간이라는 건 사라지는 게 아니라
만들어 가는 것이라는 걸
느낄 수 있을 거야.

매일 받기에 당연하다고 생각하지만
사실 아침이 주는 햇살은
매우 특별한 선물이야.

차가운 공기
반짝이는 아침
서로를 위해 준비한 작은 선물.
이 모든 건 오늘의 행복이구나!

우리의 손길이 닿는 모든 곳에
따뜻한 온기가 깃들 수 있도록
오늘 하루 특별한 산타가 되어 주자!

누군가에게 무엇을 줄 때에는

내 마음도 함께 전달되기 마련이야.

아무리 크고 좋은 선물이라도

내 마음에 주기 싫고 아까운 마음이 있으면

상대방은 그 마음을 고스란히 느끼게 돼.

그러니 지금 우리가 갖고 있는 고맙고 소중한 마음을

온전히 담아 전달해 주자.

작은 움직임이 모여
큰 기적이 만들어진 하루

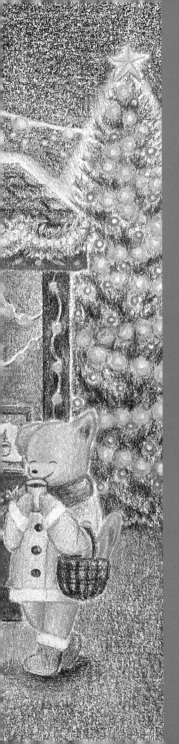

이 세상에 수많은 게 존재하지만
내가 무엇을 좋아하는지
아는 이들은 많지 않아.
그래서 좋아하는 게 있다는 건 참 좋은 일이야.
내가 진심으로 좋아하는 걸 나눌 수 있다는 게
얼마나 기쁜 일인지.

누군가에게는 평범하지만
우리에게는 더없이 소중하고 딱 맞는 이 시간.

어떤 걸 준비했는지 아직 말할 수는 없지만
올라간 입꼬리를 보면
나를 위해 고르면서 얼마나 설렜는지 알 수 있어.
설레는 마음을 받는다는 건
이렇게 행복한 기분이구나.

멀리서 보기엔 모두 새하얗게 보이지만
눈송이를 아주 가까이에서 들여다보면
저마다 규칙을 담아 아름다운 모양을 지니고 있어.
그래서 나는 눈송이를 볼 때면
우리에게도 서로 다른 경험과 시간을 담고 있기에
특별한 존재라고 말해 주는 것만 같아서 행복해져.

추운 겨울도 너희와 함께라면 따뜻할 거야.

문득 마음을 글로 적어 전해 주고 싶은 날이 있어.
순간에 떠오른 작은 마음인 줄만 알았는데
쓰고 싶은 말이 계속해서 생각나는 걸 보니
나는 너희를 정말 많이 좋아하나 봐.

매번 빛을 내고 있지만
어두운 밤에 더 환하게 보이는 이 등처럼
우리가 갖고 있는 서로 다른 빛과 따뜻한 진심도
알맞은 때에 환하게 빛날 거야.

애들아, 12월 31일도 얼마 남지 않았어!
따뜻한 홍차와 좋아하는 과자도 챙겨서
같이 새해를 맞이하자.

아주 어릴 때부터 곰과 토끼를 비롯한 동물들을 그리는 걸 좋아했어요.

그때를 떠올려 보면 그 동물 친구들은 그림 속에서 가만히 존재하지 않았어요. 밥을 먹든, 차를 타고 여행을 가든, 침대 위에 옹기종기 모여 잠을 자든 꼭 무언가를 하며 지내고 있었죠. 어린 시절 이러한 그림을 그릴 때 가장 마음이 편안했고, 편안하다는 감정 자체를 느낄 필요가 없을 정도로 그저 좋았습니다. 제 손으로 그려진 친구들의 삶이 종이 위에서 펼쳐지는 게 얼마나 행복했는지 몰라요. 그 안에서는 어떠한 제약도 없었거든요.

꽤나 긴 시간이 흘렀고, 저는 또다시 시작점이 언제인지도 모르게 동물을 그리고 있었습니다. 어떠한 계기도 특별한 동기도 없이 그저 마음이 이끄는 대로 그리다 보니 어느새 제가 강

아지들이 모여 파티를 준비하는 장면을 그리고 있더라고요. 그림 속 친구들이 조금이라도 더 행복했으면 좋겠다는 마음이 솟아나 작은 컵 하나를 그리면서도 색을 신중하게 고르는 저를 보고 웃음이 났습니다. 작은 친구들을 위해 더 포근한 이불, 다양한 패턴이 그려진 커튼, 그날의 그림과 어울리는 주전자와 컵, 그리고 카펫과 액자들…… 그림의 모든 장면에 애정을 담았기에 그리면서 참 행복했어요. 행복이란 '완벽'에서 오는 것이 아니라 내 마음 속 깊은 곳에서 우러나는 '잔잔함'에서 오는 것이라는 걸 비로소 느낄 수 있었습니다. 그 어느 것도 의식하지 않고 오롯이 나로서 지낼 수 있기에 행복한 거였어요.

이 책을 보게 될 여러분들도 친근하고도 반가운 느낌을 받으셨으면 좋겠습니다.

마치 방에 고이 간직한 보물 상자를 오랜만에 열어 볼 때처럼요. 그 상자에서 나온 오래전 친구가 보내온 편지를 다시 읽듯, 옛 사진을 시간 가는 줄 모르고 한참을 들여다보듯 그러한 따뜻하고도 그리운 온기가 전달되기를 바랍니다.

같은 편지도, 같은 사진도 지금 다시 열어 보면 예전에 볼 때

와는 또 다른 감회가 들어요. 이전에는 눈에 들어오지 않았던 글이나 그림이 오늘따라 눈에 들어올 때가 있는 것처럼 제 책도 지금과 내일이, 그리고 훗날 언젠가 다시 열어 보게 될 그날, 새로운 감상이 전해지는 책이 되었으면 합니다.

제 시간과 마음이 고스란히 담겨있는 스텔라 마을의 친구들을 봐 주셔서 감사합니다.

2023년 봄, 스텔라박(박라희) 올림

오늘도 반짝이는 행복을 줄게

1판 1쇄 발행 2023년 04월 13일
1판 2쇄 발행 2024년 01월 23일
1판 3쇄 발행 2024년 10월 20일

지 은 이 스텔라박(박라희)

발 행 인 정영욱
편집총괄 정해나
기획편집 라윤형 박소정
디 자 인 차유진

펴낸곳 (주)부크럼
전 화 070-5138-9971~3 (도서기획제작팀)
홈페이지 www.bookrum.co.kr
이메일 editor@bookrum.co.kr
인스타그램 @bookrum.official
블로그 blog.naver.com/s2mfairy
포스트 post.naver.com/s2mfairy

ⓒ 스텔라박(박라희), 2023
ISBN 979-11-6214-442-8 (03800)